BOUTADES POÉTIQUES

D'UN

BRASSEUR CENTRALIEN

Ma bière, dit-on, vaut mieux
Que ma poésie.
Lisez... Et vous direz : tant mieux
Pour la Brasserie.

ÉPERNAY
IMPRIMERIE MICHEL LEVY & FILS
—
1893

BOUTADES POÉTIQUES

D'UN

BRASSEUR CENTRALIEN

Ma bière, dit-on, vaut mieux
Que ma poésie.
Lisez... Et vous direz : tant mieux
Pour la Brasserie.

ÉPERNAY
IMPRIMERIE MICHEL LÉVY & FILS

1893

Avant d'écrire ma préface,

Je veux qu'à la première place

Figure le nom de mon père

Qui fut si bon, tant adoré ;

Les noms de Blanche, de ma mère,

Mary, Jean, Marguerite, André,

Epouse, mère, enfants que j'aime

Autant si non plus que moi-même.

PRÉFACE

Je vous présente mon livre,
Il vient d'être édité.
Va-t-il vivre ?
Passer à la postérité ?
Fera-t-on des cornets
Avec ses feuillets ?
Je n'en n'ai cure
Ni souci ;
Pourvu qu'il procure
Aux camarades de Nancy,
D'Epernay et d'ailleurs,
A tous mes lecteurs,
Quelques bons moments,
En leur rappelant le vieux temps
Voilà mon unique désir.
C'est un simple souvenir,
Mes amis seuls il intéresse
C'est à eux que je l'adresse
Avec la poignée de main
De l'écrivain.

FERNAND SCHWAB,

(1893) Brasserie de la Champagne, Ile-Belon. près Epernay.

BOUTADES POÉTIQUES

d'un Brasseur Centralien

AU CAMARADE KŒCHLIN-CLAUDON

(1887)

Buvons au cher Kœchlin, ce vaillant camarade,
Au Français patriote, adressons l'accolade.
A Leipsick, ses juges, à Guillaume vendus,
Par sa noble attitude ont été confondus,
De le voir si digne, ces Germains enrageaient,
Ne pouvant accuser, lâchement insultaient.
Mais ils avaient beau faire, à leur vile insolence
L'Alsacien répondait : « Vive ma belle France. »

Vous mettre dix contre un, frapper un homme
[à terre,
Voilà les beaux exploits que Prussiens savent
[faire.
Continuez, messieurs, tyrannisez toujours,
Sans être les mêmes les jours suivent les jours.
L'Alsacien, dans son cœur, garde l'espérance
D'occident, malgré vous, il attend la vengeance.

CIREY-SUR-VEZOUZE

(Suite d'une excursion du groupe des E. C. P. de Nancy)

Quelle belle et jolie campagne
Cirey, cachée dans la montagne,
Des bois touffus et ombragés
Le long des pentes étagés.
Sur le sol un gazon de mousses,
Vertes, avec des teintes rousses.
L'eau claire jaillit sous forêt
Avec un murmure discret,
Et s'écoule vers des prairies
Parsemées de plantes fleuries.
Sur les flancs escarpés des côtes,
Par un chemin rugueux grimpant,
Le schlitteur brave, insouciant,
Descend des forêts les plus hautes
Jusque tout en bas du coteau,
Son lourd et rustique traineau.
Des vaches paissent sur le chaume
Une fougère qui embaume,
Pendant qu'un pâtre nonchalant,
Couché sur le bord du ravin,
Fait redire à l'écho lointain
Un plaintif et langoureux chant.

On aperçoit à l'horizon
Les Vosges, des bois, des clairs lieux,
Et surtout le pic du Donon
Qui semble défier les cieux,
Droit, jaloux de sa royauté,
Il se dresse avec majesté
Couvrant de sa protection
Les autres cimes du chaînon.
Tout se tait par monts et par vaux,
Seuls les échos harmonieux
Du gazouillement des oiseaux
Troublent le calme en ces lieux.
Plus loin, flanqué sur la colline,
Le château, son parc, sa pelouse,
Son lac, son épaisse charmine,
L'ancienne et rustique carrière,
Les bords riants de la Vezouze,
Le gros village par derrière,
Village ou respire l'aisance,
Charmant, propre, bâti de pierre.

Mais, tout près la borne frontière
Dit au passant : « Souviens-toi, France. »

Au fond de la vallée, l'usine
En feu, la coulée illumine ;
Les halles et polissoirs

Actionnés par les eaux du mont,
Qu'amènent de grands déversoirs
Etagés sur les rupts d'amont.
D'épaisses et noires fumées
Sortant de hautes cheminées
Vont obscurcir au loin l'espace,
Les étangs et leur eau jaunâtre.
Tout indique un autre théâtre
C'est le royaume de la glace.
Bien qu'il fasse chaud près du four,
Les hommes travaillent autour.
La besogne presse on se hâte,
Chacun met la main à la pâte.
L'usine a un renon antique
Il faut garder cette relique.
Quand on voit à l'atelier
Ces gens nus, couverts de sueur,
Sous leur aspect dur, grossier,
On sent qu'il ont un noble cœur,
Esprit droit, volonté d'airain.
Vive Cirey et Saint-Gobain,
Le directeur et l'ouvrier,
Enfin, le personnel entier !

(1883)

LE MARIAGE

(1888)

Le mariage est une antique mode
Réglée par les us et le Code.
Chez nous, on débute par l'entrevue,
On se plaît, c'est chose convenue ;
On compte la dot devant notaire,
On va devant monsieur le Maire,
Au Temple une bénédiction,
Un oui et trois mots hébreux ou latins
Des époux fixent le destin,
Consacrent leur union.
Après la ceremonie
Du Temple et de la Mairie
On danse, on banquette ;
A minuit, heure fatale,
Le groupe détale
Sans tambour ni trompette.
A la sourdine rentre chez lui,
Le rideau est bien tiré,
Chut... rien n'a transpiré.
Voilà le mariage d'aujourd'hui.
Suivant les lieux,
Suivant l'époque
Suivant les dieux
Qu'on invoque,

De cent façons varie
Du mariage la cérémonie.
Le père Adam avait son taudis
Au centre du terrestre paradis,
Il s'y ennuyait à mourir,
Passait tout son temps à dormir.
Dieu le contempla, et se dit : « En somme,
Il n'est pas bon qu'il soit seul le bonhomme. »
Profitant de son sommeil,
Sans attendre son réveil,
D'Adam, à pas de loups, il s'approcha,
Et des flancs une côte lui trancha.
Sortant de son rêve,
Adam aperçut Eve.
Avec elle se mit à croquer la pomme,
Ainsi se maria le premier homme.
Salomon roi des Hébreux
Voulut faire beaucoup mieux
Trois cents femmes pour épouse prit,
L'histoire ne dit point ce qu'il en fit.

Le seigneur, au moyen âge,
Avait droit de cuissage et jambage.
En sortant de l'église,
Le pauvre roturier
Conduisait sa Lise

Au rustre chevalier.
En cadeau de mariage,
Le malheureux serf
Recevait au visage
Les appendices du cerf.
D'aucuns regrettent ce bon temps.
Ce ne sont point les manants
Qui adressent leur bénédiction
A la grande Révolution.

Le Mormon,
Etrange façon,
Se sanctifie
Par la polygamie ;
Il faut plusieurs femmes
Pour satisfaire sa flamme.

Chez les Musulmans de l'Afrique,
L'épouse est achetée écus sonnants
On en fait une domestique ;
On lui demande beaucoup d'enfants.

Dans les libres Etats-Unis
Les filles seules choisissent leur maris,
A l'élu disant : « Tu feras mon bonheur,
Tu me bottes, courons chez le pasteur. »

Au delà du Rhin, l'Allemande
N'est prise que pour sa viande,
Le Teuton, pour faire son choix,
Ne tient compte que du poids ;
A défaut de qualité
Il exige la quantité.

On n'est point riche
Sur le boul'Miche.
En ce promenant le soir
Tout le long du trottoir,
L'étudiant voit une grisette,
Jeune et proprette,
Il lui offre un verre,
Et lui dit : « Partage ma misère. »
Tu habiteras dorénavant
Dans mon petit logement,
Tout en haut de l'escalier.
Mais on y est parfaitement
Car dans un grenier
On est bien à vingt ans.
Oh ! Schoking, disait l'Anglaise
Sir, vò voulez faire fadaise
Vò connaissez mon loi
Vò banquenotes, ou vò épousez moi.

Je ne continuerai pas de ce train
Jamais, je n'arriverais à la fin.
Pour conclure, partout, toujours,
Dans les chaumières, dans les cours,
Du mariage la condition
Est une mutuelle affection.

AU BANQUET DES CENTRAUX

Du 3 novembre 1888

Vous tous mes amis
En ce lieu réunis
Oyez bien la chose.
Tout dans ce monde-ci
Dans les autres aussi
N'est pas couleur de rose.
De Baudot le petit bleu
Vous tape sur l'cheveu
Quand le ventre il arrose.
En venant au banquet
D'attraper son plumet
Camarades on s'expose.
En l'honneur de l'Ecole
Faut qu'un brin l'on rigole
Du moins, je le suppose

Il faut rire et manger
Bien boire et rimer
Du plaisir c'est une clause.
Regardez ce bizut
On voit bien qu'il but
Et qu'il en a sa dose
Pour comble de malheurs,
Le v'là qu'à mal au cœur.
Qu'il tienne la bouche close
Assis à cette table
Il serait peu agréable
Que ses comptes il dépose.
Quant à vous, les anciens,
Des convenances gardiens,
N'la faites pas à la pose.
Des laïus de Cauvet
Cet indigeste met
Faudrait pas qu'on éclose ;
Car nous les connaissons
V'la des échantillons
De cette illustre prose.

LAIUS DU BEAU-PÈRE

Plus d'un d'entre vous
Peut devenir l'époux,
C'est un fait que j'suppose,

De quelque demoiselle
Aussi riche que belle.
Faut pas que sur vous l'on glose.
Car près du beau-père
Ce s'rait rude affaire
Que d'défendre votre cause ;
Je vois d'ici le vieux
Roulant de gros yeux
Dire après une pose :
C'est pas un ingénieur,
C'est un vilain buveur
Celui qu'tu proposes.
N'puis donner pour moi
Un homme toujours gris
A ma chère fille Rose,
Cett'responsabilité
Ce s'rait indignité
Qu'un bon papa endosse.
C'est un rien qui vaille
Qu'au diable il s'en aille
Au mariage je m'oppose,
Pour un autre garçon
De meilleure façon
De ma fille je dispose.

LAIUS DE L'INGÉNIEUR

De quelqu'usine
Voir même d'une mine
Au jour ou dans la fosse
D'être un jour le chef
C'est votre vœu le plus bref
Impossible qu'il s'exauce.
Poser votre candidature
Pour une manufacture
Comment voulez-vous que j'ose ?
Il est toujours rond
Dirait le patron,
Celui dont tu me cause.
En me le présentant
Tu fais tout bonnement
Route absolument fausse.
A confier mon usine
A aussi triste mine
Ne crois pas que j'm'expose.
Ma situation est belle
Mais, avec cette ficelle
Cela gâterait toute la sauce.
Ferait fuir la pratique
Avec son sale physique
Et sa tête morose.

En ce temps difficile
Qu'ailleurs il cherche asile
Quelqu'ennui cela te cause.

Vous dites est-il assommant
Avec tout son chant
Le jeune virtuose,
Un chanteur de la sorte
Il faut mettre à la porte
Car il nous indispose.
Qu'il nous fiche la paix
Ou bien gare au balai
Que quelqu'part on lui pose
Et le gaillard sans bruit
A l'anglaise s'enfuit.
Et pour cela il se déchausse,
Et tout en s'éloignant
On l'entend chantant :
O, ó, ó, ó, ó, óse.

LETTRE DE NOUVEL AN A MA GRAND'MÈRE

(Mme George)

Il y a deux ans de mère Clara
Les noces d'or on célébra,

A la voir si vive, point n'y paraît;
Une jeune femme on dirait.
De nos fêtes c'est le vrai bout-en-train
Gaie, aimable, spirituelle.
Quand on veut s'amuser, jamais en vain
A sa gaîté on en appelle.
Notre chère aïeule est un peu coquette
Mais porte bien la toilette,
Toutes ses robes, tous ses vêtements
Sortent des mains des bons faiseurs,
Elle porte des chapeaux élégants
Garnis de dentelles, de fleurs.
Elle a surtout un faible pour la broche
A son corsage elle en accroche.
Il est un joujou dont elle est fière
C'est sa jolie tabatière
Elle donne le soin le plus jaloux
A ce charmant petit bijou.
Nous sommes-nous assez contrariés !
Pardonne-moi, chère grand'mère
Crois à mes meilleures amitiés
Je te souhaite année prospère.

LETTRE DE NOUVEL AN A MON AIEUL

(M. George)

Dis-moi, grand-père,
Quelle jolie miniature
Est accrochée
Ici, dans ta chambre à coucher ?
« De ton grand-père
« A vingt-cinq ans, c'est la figure. »
Qu'il était beau !
Des yeux expressifs, un front haut.
Depuis ce temps,
Ses cheveux sont devenus blancs,
Il a toujours
Sa beauté des anciens jours,
Son regard vif,
Son aspect noble, son port droit.
Il est adroit,
Comme un jeune homme il est actif,
Il est aimable,
Pour tout le monde serviable,
De notre aïeul
Nous parlons avec grand orgueil.
Reçois les vœux
Père, d'un fils respectueux.

A MA COUSINE BLANCHE L...

Ainsi donc, Blanche, il te faudrait
Ton portrait
Et c'est à moi que tu marchandes
La commande.
D'écrire sur toi une ligne,
Suis-je digne ?
Tu l'exiges... Je me soumets
A regrets.
De noirs, longs et épais sourcils,
De grands cils
Cachent des yeux d'ébène vifs,
Expressifs,
Un front élevé, large, ouvert,
Recouvert
Par de magnifiques cheveux
Tout soyeux,
Une tête à la grecque, attique,
Energique,
Sur les lèvres un sourire
Qui attire.
Tout respire en toi fermeté
Et bonté.
On sent la femme intelligente
Et savante.

Tu dois d'être parmi l'élite
Au mérite.

A MA COUSINE BERTHE S... C...

Qui m'a complimenté sur mes vers

Vous m'avez fait un compliment,
J'en suis touché, mais seulement,
Je vous avoue, cousine Berthe,
Qu'une chose me déconcerte.
D'où vient pour moi cette attitude ?
Ce n'est guère votre habitude,
Je rimais des vers par boutade,
N'en faisais point parade.
J'écrivais, mais pour ne rien dire,
Ne demandais point qu'on m'admire.
Quand vous venez troubler mon calme
En me décernant une palme.
Je crains de vous quelque malice,
Après tout il m'importe peu !
Ne recherche pas si l'aveu
Est sincère, exempt d'artifice.
D'une dame les compliments
Vous font plaisir en tout temps.

POUR LE MÊME MOTIF, A LA MÊME

Reçevoir de vous, Berthe, un compliment
C'est charmant.
Votre éloge, j'aurais en vérité
Mérité,
Pour quelques bouts rimés, pour quelques
A l'envers. [vers
Le croire serait fatuité,
Vanité.
Je ne puis y voir qu'une politesse
Que m'adresse,
Une dame pour moi trop charitable,
Trop aimable.
Il faudrait pour faire un bon écrit,
Tout l'esprit
De ma cousine, son intelligence,
Sa science.

A UNE DAME QUI ME DEMANDE MES VERS

(Avec l'envoi)

Oui, ma muse, de la folie victime,
Radote et rime.

Pour la guérir, il faudrait être ferme
Et qu'on l'enferme.
Je la laisse errer à travers le monde
En vagabonde.
C'est, pour elle, montrer trop de faiblesse
Je le confesse.
Pour ce péché, je supplie qu'on m'accorde
Miséricorde.
Lorsqu'à votre porte hospitalière,
Humble, en prière,
Tombe cette malheureuse insensée
Partout chassée,
Accueillez, vous, toujours si bienveillante,
L'agonisante.
Le père en excuses devant vous se confond
Il vous prie d'agréer son hommage profond.

A MON COUSIN ALEXANDRE S...

Qui a eut beaucoup de fièvre après s'être fait vacciner

Il est fort triste
Pour un artiste,
D'avoir les bras
Endoloris.

Je ris
Tout bas
Du mal
Banal
De mon cousin
C'est le vaccin...
Par devant lui,
La variole
S'envole
Et fuit.
Malade
Maussade,
Pour un bouton
Sois moins grognon,
Fais moins d'esclandre,
Cher Alexandre.

(1889)

LES CENTRAUX A L'EXPOSITION

(Paris et groupe de Nancy, 1889)

Sur l'air de Cadet Roussel

Les centraux à l'exposition
Du monde ont fait l'admiration,

C'est tout d'abord la tour Eiffel
Qui semble défier le ciel.

Ah ! ah ! ah ! oui vraiment } *bis*
La tour est un beau monument. }

On vient même de la Chine
Voir la galerie des machines
Contamin, notre professeur,
L'a conçue il en est l'auteur.

Ah ! ah ! ah ! oui vraiment } *bis*
C'est un professeur éminent. }

Les installations électriques
Et les constructions mécaniques
Sont le chef-d'œuvre de Vigreux,
C'est splendide j'en fais l'aveu.

Ah ! ah ! ah ! oui vraiment } *bis*
Tout marche merveilleusement. }

Au pavillon du ministère
Du département de la guerre.
Canet expose des merveilles
Des bouches à feu sans pareilles.

Ah ! ah ! ah ! oui vraiment } *bis*
Bravo pour le canon géant. }

Cette maison hospitalière
C'est l'exposition gazière ;
On peut voir dans cet immeuble
Fort peu de gaz, beaucoup de meubles.
Ah ! ah ! ah ! oui vraiment } *bis*
D'Ellissen, Cornuault c'est l'enfant. }

Du Trocadéro le palais,
Qui fut construit par Bourdais
Pour la dernière exposition,
Fait toujours notre admiration.
Ah ! ah ! ah ! oui vraiment } *bis*
Que ce palais est beau et grand. }

D'avenue Suffren à l'Esplanade
Decauville dont un camarade
Fit à l'écartement de soixante
Une voie ferrée très puissante.
Ah ! ah ! ah ! oui vraiment } *bis*
Ce petit bijou est charmant. }

De ce groupe disons un mot :
Il ne s'est pas montré manchot.
Le Pape notre Saint Père,
Fit une belle portière.
Ah ! ah ! ah ! oui vraiment } *bis*
Moi je trouve fort épatant. }

Que les Ingénieurs s'escriment
Comme des mercenaires triment,
Pour faire décorer les autres,
Après tout, ils sont bons apôtres.
Ah ! ah ! ah ! oui vraiment } *bis*
Préférons la joie au ruban. }

Les produits de la glacerie
De Cirey, sont de la féérie,
Au personnel font grand honneur
Et à Bauquel le directeur.
Ah ! ah ! ah ! oui vraiment } *bis*
On ne fit mieux jusqu'à présent. }

En blanchiment et en peinture,
Bœringer, Lederlin, je jure,
Passent en première ligne,
Du grand prix furent jugés dignes.
Ah ! ah ! ah ! oui vraiment } *bis*
Voyez ces tissus épatants. }

D'Adt, les charmantes ouvrières,
Font de jolies tabatières,
On dirait laque du Japon
Et c'est fait en simple carton.
Ah ! ah ! ah ! oui vraiment } *bis*
C'est imité divinement. }

Admirez ces grosses pierres
Elles sortent des carrières,
Du cher Jacquin, de Commercy,
Qu'on voit rarement à Nancy.
Ah ! ah ! ah ! oui vraiment }
Ses tailles sont au premier rang. } *bis*

J'en passe beaucoup et des meilleurs,
Modestes collaborateurs,
Duvaux aux forges de Pompey,
Noël mon copain à Cirey.
Ah ! ah ! ah ! oui vraiment }
J'en passe c'est évident. } *bis*

Citons encore si vous voulez,
Leloup, Daubrée chez les Solvay,
Ils y font des produits chimiques
Qui satisfont bien les pratiques.
Ah ! ah ! ah ! oui vraiment }
Cela suffit à leur agent. } *bis*

De l'exposition de retour,
Je viens, mes amis, en ce jour
Vous dire : poussons tous des vivats
En l'honneur de nos lauréats.
Ah ! ah ! ah ! oui vraiment }
L'Ecole a montré son talent. } *bis* (1889)

AU BANQUET DE LA CAGNOTTE

Du groupe de Nancy, du 21/12 1889

Mon cœur fait tic et tac
J'ai perdu au tric trac.
Je reprends,
Sur le champs,
De wisht une partie.
C'est toujours même scie.
J'ai la flem
D'être schlem,
Mon impasse qui rate
C'est joué en savate.
Au piquet,
C'est niquet,
Comme pain sur la planche,
J'ai dix de cartes blanches ;
Quand j'écarte
Mes cinq cartes
Je tire camelotte
Qui conduit à capote.
La déveine
Se déchaîne,
Mais je suis entêté,
Refais un écarté ;
Tous mes jeux
Sont affreux,

J'en demande.... voulez-vous ?
Je relève... rien du tout.
Et, perdant,
Rechignant,
Sur le livre de Chambard,
Je suis inscrit sans retard.

C'est du wisht, du piquet,
D'écarté, du jacquet
Qu'on boulotte
La cagnotte.
A un sou le jeton
On fait un gueuleton,
Le veinard
Le chançard
A l'œil pinte et fricotte
L'excellente popotte
De l'hôtel
De Beurtel.
Quant à vous, mes amis,
En ce lieu réunis,
Francs viveurs,
Beaux joueurs,
Elevez votre coupe
En l'honneur de ce groupe.

Maintenant,
Président,
C'est à vous la parole,
Parlez-nous de l'Ecole.

MA CANDIDATURE A L'ACADÉMIE

(1889)

Je suis postulant
Au siège vacant
De l'Académie.
Par ma poésie,
J'ai bien mérité
L'immortalité.
J'ai des concurrents,
Mais assurément,
Je dois l'emporter.
Car, sans me vanter,
Mes vers sont écrits
Avec tout l'esprit
Du vieux Rabelais,
Et dans un français
Digne des classiques
Et des romantiques.

Le fait est réel
Vais être immortel.
Et de l'Institut.
Sur mon occiput
Grave, aristocrate,
J'aurai la frégate
Et pour uniforme
Un habit énorme,
Tout doré sur tranche,
L'épée sur la hanche.
A ma réception,
L'association,
Tous les camarades
Seront sur l'estrade,
Ils m'écouteront
Et m'applaudiront.
Lirai un discours
Eloquent et court
Orateur, poète,
Tournerai la tête
Aux dames charmantes
Belles, élégantes,
Venues pour entendre
Le langage tendre
De cet immortel
Si spirituel.

A bas l'orthographe !
Lui donne une escaphe.
Et plus de grammaire,
Plus de dictionnaire,
Chacun écrira
Comme il le voudra.
Jeunes écoliers,
Futurs bacheliers,
Plus d'études arides,
Devoirs insipides,
La syntaxe est morte
Le diable l'emporte.
Plus maîtres ni pions
Aux compositions,
Aurez tous le prix
Un vrai paradis.
Qu'un jour je succombe,
Mettez sur ma tombe :
Ci-gît centralien,
Académicien,
Grand réformateur,
Poète et brasseur.

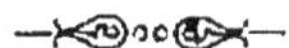

MON PORTRAIT

(1890)

Tu veux, je crois,
Mon portrait
Par moi
Fait.
Devant ta voix
Je m'incline,
Dessine,
Vois :
La barbe inculte,
D'où résulte,
Figure
Dure.
De courts cheveux
Et des yeux
Ouverts
Verts,
Avec des cils
Et sourcils
Peu longs
Blonds.
Front haut assez ;
On me fit
Petit

Nez.
J'ai bonne oreille,
Vue pareille
Non louche.
Bouche
A lèvres grosses
Sans dents fausses,
Menton
Rond.
La tête forte,
Que supporte
Robuste
Buste.
Je ne suis pas,
N'est-ce pas?
Des gens
Grands.
J'ai, en public,
C'est certain,
Vilain
Tic.
On définit
Mon esprit
D'un mot:
Sot.
Désagréable,

Peu aimable,
Au fond
Bon.

Es-tu content ?
Exigeant,
Voilà,
Là.
Pour toi, j'ai fait
Un tableau
Pas beau
Laid.

ENVOI AU GROUPE DE NANCY

Pour le 3 novembre 1891

Au trois novembre, d'habitude,
Je me fendais, n'étant point prude,
De quelques vers
Tout à l'envers
Ou d'un couplet
Pour le banquet.
On n'était guère difficile,
Ni sur le chant ni sur le style.
De mes boutades,
Chers camarades,

On s'amusait,
Il suffisait.
Je ne puis, sans émotion,
Songer à la réunion.
Que je voudrais,
Si je pouvais,
Rire avec vous,
Comme des fous.
Au milieu de votre fête,
N'oubliez point votre poète ;
Quant à lui,
Aujourd'hui,
Demain, après,
De loin, de près,
Votre souvenir gardera
Jamais ne vous oublira.
J'emplis ma coupe,
Je bois au groupe,
Amis, par poste,
J'envois mon toste.

LES PRÉVOYANTS DE L'AVENIR

(1891)

Dès le matin au chantier,
L'ouvrier

Travaille dur, mais sans espoir
Jusqu'au soir.
Il gagne son pain quotidien,
Après, rien.
Quand, compagne de la vieillesse,
La faiblesse
Viendra, la main il tendra,
Il mendiera,
Puis il mourra à l'hôpital
C'est fatal,
Son corps ira au carabin
A la fin.
Quoi ! c'est la justice du monde,
C'est immonde.
Aussi devient-il partageux,
Lui... le gueux.
A tous ces vils bourgeois, la guerre
Il veut faire.
Puisque l'infâme capital
Fait le mal,
Il le pendra, il brûlera,
Tuera.
Maintenant, sa part au gâteau
Il lui faut.
Il disait, quand un compagnon,
Bon garçon,

Un typo, travaillant pour vivre
Dans le livre,
Lui parla d'association
Et d'union.
Vingt sous par paie et la retraite
Sera faite.
Il ne croit guère le copain,
Mais enfin,
C'est peu de chose au fond
Que vingt ronds.
Puisque c'est son dernier espoir
Il veut voir !
Il jette dans la tirelire
Une lire.

. . . .

La fortune vient maintenant
Lestement.
De l'avenir, le travailleur,
N'a plus peur.
Au capital il n'en veut plus.
Chapelus
Dit vrai ; c'est l'émancipation
Que l'union.

Tous pour chacun, chacun pour tous,
Voyez-vous.
Des prévoyants, cette maxime
Est sublime.

LA VISITE

Pour rendre visite
Dans un salon d'élite,
On met son haut chapeau
Ses gants neufs de peau,
Sa belle redingote.
On se pomponne,
A la porte on sonne,
Un larbin en culotte
Du grand salon ouvre la porte,
Vous annonce d'une voix forte.
On entre tête nue,
Profondément on salue.
Du logis la dame
Vous fait froid accueil,
Du doigt vous désigne un fauteuil.
Puis, la conversation s'entame.
(Jamais on ne calomnie
Dans la bonne compagnie) :

« Vous connaissez Madame Chose,
« Je suppose,
« Bien digne personne,
« Charitable, bonne.
« Nous avons vu Monsieur Un Tel,
« Un homme fort aimable,
« Pieux, spirituel,
« Pour tous serviable.

. . . .

« Les familles Chose et Un Tel
« Sont fort liées, c'est naturel,
« L'esprit esprit attire ;
« On n'en saurait médire.

. . . .

« Le monde est bien méchant,
« Et, assurément,
« Ce qu'on dit est une infamie
« Dictée par la jalousie.

. . . .

« Madame Chose est coquette,
« Aime un peu trop la toilette.
« Monsieur Un Tel est trop mondain
« Le fait est bien certain.

« Mais la rumeur peut être fausse.

. . . .

. . . .

« Toutefois... partout on en cause,
« Pas de fumée sans feu.
« Ils se taisent, demi-aveu.

. . . .

. . . .

« Je crois, je le confesse,
« Chose une femme de rien
« Et la maîtresse
« D'Un Tel, un païen. »

(1891)

A MA BELLE-SOEUR L...

Tu veux, petite sœur,
Que je te dédie,
Une poésie.
Tu me fais peur !
Tu es si parfaite
Qu'il faudrait grand poète,
Pour écrire une ligne
Qui de toi fut digne.
Tu veux de ma plume,
Ton portrait, mignonne,

En un mot, il se résume,
    Tu es bonne.

(1891)

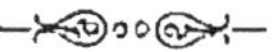

A MA BELLE-SŒUR ALICE

(1891)

Je connais, à Dijon,
Une fille. presqu'un garçon.
Remplie de malice.
    C'est Alice.
Point méchante, au contraire,
Possède un caractère
    Original
Et point banal.
Elle a un très bon cœur
Ma belle-sœur.
Modeste, ses talents elle cache.
Au moindre compliment se fâche,
Du célibat, fit vœu
Par amitié pour ses neveux,
Et veut paraître tante
    Indifférente.
Voilà, enfin,
Le mot de la fin,

Son portrait véritable.
C'est une personne
Au fond bonne
Et très serviable.

A MA FUTURE BELLE-SŒUR G...

(1891)

Je vous promis, Mademoiselle
 Gabrielle,
De dessiner votre portrait
 A grand trait.
Promesse aussi extravagante
 Qu'imprudente.
Pour la remplir, au chevalet
 Je me mets :
Douée d'une figure aimable,
 Agréable.
Gracieuse, spirituelle,
 Jolie, belle.
Très grande, la taille bien prise.
 Toujours mise
Avec élégance, simplement
 Cependant.

Sur votre bouche étroite, fine
Se dessine,
Un gai sourire, sémillant,
Bienveillant.
Doigts de fée, voix enchanteresse
De déesse.
Humble poète, je me sens
Impuissant,
A peindre votre belle image.
Mon hommage
Je mets à vos pieds, humblement,
Tout tremblant.
Heureux de trouver en vous, cœur
D'une sœur.

RÉPONSE AUX MENACES D'UN CONFRÈRE

(1892)

C'était à Fère-Champenoise,
Un directeur
Fort en colère,
Voulut, un beau jour, chercher noise
A un brasseur,
Son cher confrère.

Des lois il fouilla l'arsenal
Avec ardeur
Peu ordinaire.
Et cita devant son tribunal
Accusateur
Le pauvre hère
Qui fut condamné contumace :
Car, pris de peur
Involontaire,
Il avait fui sans laisser trace.
Dans son malheur,
Comment donc faire ?
Honteux, confus, n'osant sortir,
L'Ingénieur,
Car c'est un frère,
Dans un grand trou va se blottir,
Il a horreur
De sa misère,
Il n'attend plus l'absolution
Plus de bonheur
Hélas ! n'espère
Et va mourir d'inanition.

Sur sa tombe on mettra
Là, voyageur,
Sous cette terre
Repose un très grand scélérat.

PÉTITION AU MAIRE D'AY

Par un indigène de l'Ile-Belon (1892).

Vous, mon cher Maire,
Toujours si paternel,
D'un malheureux insulaire,
Accueillez avec bienveillance
Le suppliant appel.
En vous il met sa confiance.
Aux pieds du mont Bernon,
Près de la rivière,
On voit l'Ile-Belon,
De là part ma prière.
Un unique chemin rocailleux,
Dangereux,
Difficile,
Conduit à l'Ile.
Crevé par des ornières
Sinueuses, profondes,
Couvert de poussières
Epaisses, immondes,
Par la pluie, vrai cloaque
Plein d'ordure,
Répand dans la nature
Des vapeurs d'ammoniaque.
C'est là qu'il me faut vivre,

Aimer et mourir
Et nos édiles maudire.
Faites finir
Mon tourment,
Maire bon et puissant.
Et votre administration
Aura mérité
Ma bénédiction.

En excuses je me confonds.
Agréez mon respect profond.

NOTRE BANQUET DU 31 DÉCEMBRE 1891

A tout seigneur faut tout honneur.
Je bois, n'étant pas orateur,
Sans phrase aux journalistes
Républicains et monarchistes.

Ah ! ah ! ah ! oui vraiment
De politiquer ce n'est point le moment. } *bis*

Ayant pour m'en bien faire voir
Aux journaux rendu mes devoirs,
Je n'ai plus peur du reporter,
Je puis causer même chanter.

Ah ! ah ! ah ! oui vraiment
Je ne crains plus la presse maintenant. } *bis*

Entre la Marne et le Bernon
Au milieu de l'Ile-Belon
On admire dans la campagne,
La brasserie de la Champagne.
Ah ! ah ! ah ! oui vraiment
On y fabrique breuvage excellent. } *bis*

Vis à vis des caves Mercier
Connues du monde tout entier,
Et d'Ay le petit train
Devant chez nous s'arrête en ch'min
Ah ! ah ! ah ! oui vraiment
Toujours des voyageurs prend. } *bis*

Fait dix voyages tous les jours,
Deux minutes dure le parcours.
Cela ne coûte que deux sous
Pour descendre jusque chez nous.
Ah ! ah ! ah ! oui vraiment
La halte n'est faite que pour nos clients. } *bis*

Viennent facilement nous voir
Nous aimons à les recevoir,
Peuvent venir à tout moment
Visiter l'établissement.
Ah ! ah ! ah ! oui vraiment
Nous feront plaisir assurément. } *bis*

Nous avons une clientèle
Qui nous sera toujours fidèle,
L'un pour l'autre nous sommes faits,
De nos relations satisfaits.
Ah ! ah ! ah ! oui vraiment } *bis*
Demandons qu'elles durent longtemps. }

Elle est de compagnie aimable
Une partie à cette table,
Aujourd'hui, à bonne franquette,
Avec ses brasseurs banquette.
Ah ! ah ! ah ! oui vraiment } *bis*
Lesquels regrettent les absents. }

Ils boivent à votre santé
Et à votre prospérité.
Soyez tous heureux en affaires
Et les nôtres seront prospères.
Ah ! ah ! ah ! oui vraiment } *bis*
C'est là nos vœux du nouvel an. }

Soyons gais, ayons tendre cœur,
Soyons toujours de belle humeur,
Chassons les soucis loin de nous,
Chantons, rions faisons les fous.
Ah ! ah ! ah ! oui vraiment } *bis*
Amis donnons-nous du bon temps. }

Gambrinus, notre grand patron,
Buvait parfois plus que de raison.
Aussi, fut-il un très grand roi.
Lisez l'histoire, elle en fait foi.

Ah ! ah ! ah ! oui vraiment } *bis*
Notre patron eut des talents. }

Son exemple il nous faut suivre,
Joyeusement il nous faut vivre.
Ayons un bon coup de fourchette
Et caressons la chopinette.

Ah ! ah ! ah ! oui vraiment } *bis*
Que la mort nous trouve chantant. }

Quand notre pipe aurons cassé
Et que le Styx aurons passé,
Faisant notre entrée chez Caron,
Nous crierons : un bock garçon...

Ah ! ah ! ah ! oui vraiment } *bis*
Irons au purgatoire seul'ment. }

Dépêchez-vous, un bock terrasse,
Bien tiré, sans col, à la glace,
Comme on n'aime pas faire suisse,
On hélera Jolivot Suisse.

Ah ! ah ! ah ! oui vraiment } *bis*
La perle de tous les agents. }

Qu'il aille nous chercher un verre,
Qu'il amène le grand saint Pierre
Il faut bien qu'il nous accompagne.
Surtout « Bière de la Champagne ».

Ah ! ah ! ah ! oui vraiment } *bis*
Des dieux elle est digne assurément. }

Un mot je finis. A mon toast,
Tour à tour il faut qu'on riposte,
Pas de façon, que chacun ose
Parler en vers ou bien en prose.

Ah ! ah ! ah ! oui vraiment } *bis*
Messieurs à vous le tour maintenant. }

A M. M...

Ayant appris, par la rumeur,
Organe qui n'est point menteur,
Qu'à ses flatteurs, l'ami Mercier,
De Champagne offrait un panier.
Je viens, cher Monsieur, à mon tour,
Comme d'autres, vous faire ma cour.
Pour un livre tout ordinaire
Vous donnez un panier de choix,
Une dédicace, vaut deux, je crois.

Quant à moi j'ai voulu mieux faire,
Je vous dédie ce manuscrit
De ma main tout entier écrit,
Œuvre absolument inédite
Ce qui augmente son mérite.
Je chanterai vin de Bernon,
Château de Pékin, mousseux, bon.
Et en vue d'une récompense,
Chanterai le tonneau immense,
Votre installation magnifique
Et surtout le patron unique,
Travailleur et intelligent
Qui créa cet établissement.
Car il nous faut pour le banquet
De Mercier, Schwab et Mérendet
Moult bouteilles de Champagne,
Pour fêter bière de Champagne.
Si j'ai bien dit, comme je pense,
J'obtiendrai une récompense.
Hôtel de Paris vous l'enverrez
Avec nous la dégusterez.

(1892)

MON COUSIN A..., A BUSSANG

(1892)

On admire dans les grands bois
De Bussang,
Un homme, Alexandre, je crois.
Tout en blanc.
A l'horizon, qnand on le voit,
Arpentant
Monts et vaux, on dirait, ma foi,
Revenant.
Il est beau, joli comme un roi
De roman,
Dans son complet, bien fait, étroit,
De vingt francs.
On peut l'avouer cette fois
Franchement,
Il fit pour son costume un choix
Epatant.
On entend qu'un son, qu'une voix...
« C'est charmant. »

SOUVENIR DES EAUX DE C...

Voyons ! est-elle blonde ou brune ?
En tous les cas, on dirait une
Cocotte
Qui trotte
A travers l'établissement,
A la recherche d'un amant.
Très coquette,
La fillette,
Elle a du fard sur la figure,
Sur les cheveux de la peinture.
Elle est sèche
Et revêche,
Se tient raide comme un piquet
Grâce à son cuirassé corset.
Très fière,
Altière
Avec les petits ; aux puissants
Fait sa cour ouvertement.
Dans la rue,
Une grue.
Il faut la surveiller, papa,
Car elle est bien près du faux pas.

A MON COUSIN A..., A BUSSANG

(Variante, 1892)

Avez-vous vu près de Bussang,
Un Andalou vêtu de blanc ?
C'est Alexandre, pas Charlemagne,
Un Espagnol né à Nancy.
Il a quitté, ce grand d'Espagne,
Les affaires et le souci.
Là-bas, là-bas, dans la montagne,
Là-bas, là-bas on l'aperçoit
Parcourant toute la campagne,
Arpentant les champs et les bois.
Il a placé sur chaque épaule
Une grande et splendide gaule.
Pêche en Moselle, en Moselotte,
La friture, la matelotte.
Etendu sur le bord de l'eau,
Fait contraste avec le corbeau.
On dirait le grand pélican
Cherchant pâture à son enfant.

Oh ! bonheur extrême,
Sachez qu'ici même,
Il se trouve heureux.
Pour lui ce village
Est délicieux.

Tous les ans s'engage
A revoir le chaume,
Le pin qui embaume,
La vallée profonde,
La prairie féconde
Où limpide l'eau coule.
Les sentiers étroits
Dans les vastes bois,
Où l'oiseau roucoule
Ses plus joyeux chants.
Les troupeaux aux champs
Dont la cloche teinte
D'une voix éteinte
Des sons mélodieux
Montant vers les cieux.
Bucheron qui taille,
Fend, scie, et travaille
En courbant l'échine,
Arbres et charmine.
Et dans le silence
Du soir qui commence
Le soleil qui fuit,
Embraser la nuit,
Les côtes d'en face ;
Emportant d'Alsace
Ainsi chaque soir

Le doux mot d'espoir.
Pour tout dire, aux pieds du ballon,
Mon cousin fit sensation.
De lui, longtemps à la veillée,
On parlera, j'en suis certain,
Et de sa jaquette soignée
En tissu blanc tissu bon teint.

LA MANCHE

S'il est étroit
Le détroit,
Comme il est grand
L'océan.

Du long steamer
Sur la mer,
On voit à peine
La carène.

Et le sillage
Qu'il dégage
N'est qu'un ruisseau
Dans cette eau.

La barque frêle
Parait grêle

Dans l'immense onde
Si profonde,
Et que la toile
De sa voile
Que vent agite
Est petite.

L'oiseau de proie
Qui côtoie
Là-bas au loin,
N'est qu'un point
Qui se déplace
Dans l'espace.

Du large vue
Plage nue
Ainsi qu'un trait
Apparait,
A l'horizon
Tout au fond.

Des flots brillants
Miroitants
Le gai reflet
Fait l'effet
De jolies flammes
Sur les lames.

Soleil couchant
Qui descend
Semble une boule
Que l'on roule
Dans l'Atlantique
Magnifique.

Lune du soir,
On croit voir
Pâle flambeau
Mis sur l'eau.

Etoiles brillent
Et scintillent
Comme veilleuses
Merveilleuses
Semant leurs feux
Aux cieux.

Pendant l'orage
Qui fait rage,
Bravant les flots
Matelots
Insouciants,
Sont géants.

Saisi, j'admire,
Du navire,

Ce beau spectacle,
Vrai miracle,
Coup d'œil magnifique
Et féerique.
L'âme inquiète,
Je répète :

S'il est étroit
Le détroit,
Comme il est grand
L'Océan.

(1893)

LE CONSEIL D'AY

(1892)

D'Ay les conseillers
Méritent des lauriers
A présent.
Remplissent leur mandat
Avec zèle et éclat
Etonnants.
Le Maire, dis-je haut,
Est homme comme il faut,
Eloquent.

Il est très courtois,
S'assied sur les lois
Noblement.
Notre second adjoint
Est comme on n'en voit point
Maintenant.
A le travail facile,
Fait à l'Hôtel de Ville
Pluie, beau temps.
L'autre est précieux,
Il est sur les lieux
Constamment ;
Faut que travail se fasse,
Qu'on signe paperasse
En tout temps,
Il fait la besogne
Et jamais ne grogne
En signant.
Le doyen du Conseil
N'a point son pareil
Sûrement.
Mais ne sait point se taire
Et défend son affaire
Ardemment.
Des travaux, rapporteur,

Voyons, main sur le cœur,
Franchement,
Rapports rédige pas
Par crainte des tracas,
Des tourments.
Tu laisse la mairie
Faire acte et copie
Simplement.
Allons que j'arrête
Mon œuvre incomplète.
Jugement :

La ville d'Ay
Est un beau pays
Florissant.
On voit peu de villes
Avoir des édiles
Aussi grands.
Mais ont une terreur,
La Villa leur fait peur
Rudement.
On entend sans cesse :
C'est une drôlesse
Cette enfant.
C'est une rien qui vaille,

Qu'au diable elle s'en aille
Lestement.
Car nous deviendrons fous
Si demeure avec nous
Plus longtemps.
Ouï mot de la fin,
Chez un proche voisin.
On entend
Des langues mauvaises
Raconter fadaises
En disant :
Que notre secrétaire,
Bien plus que notre Maire,
Est puissant.

SUITE DE LA POLÉMIQUE
ENTRE LES
CONSEILLERS D'AY ET CEUX DE LA VILLA
(1893)

Tout finit par une chanson
Dans notre beau pays de France,
Si vous permettez, sans façon,
Je vous dirai ce que je pense
Du conflit qui a éclaté
Entre un hameau et sa cité.

Un jour, Ay fort en colère,
Sans cause, déclara la guerre,
Une guerre de guérilla
A son annexe, La Villa,
Et c'est cachée dans la broussaille
Que la Ville engagea bataille.
N'osant point s'adresser aux grands,
Attaqua les petits enfants.
On vit avec leurs boucliers
Tous ces messieurs les conseillers,
Sur les marmots, tout plein de rage,
Foncer avec un grand courage,
Conduits par l'administration,
Qui jura l'extermination
De cette grouillante racaille,
A ces yeux, tous rien qui vaille.
Comme ils n'allaient pas assez vite,
Malgré les bombes à mélinite,
Formèrent un conseil de guerre,
Présidé par monsieur le Maire.
Tour à tour on prit la parole.
Le Maire ouvrit la discussion,
J'ai, dit-il, une solution.
Je viens de visiter l'école,
M'est avis qu'on y empoisonne,
Qu'on n'en laisse sortir personne.

Cela est vrai, dit le docteur,
Laissons agir la maladie,
Grâce au microbe malfaiteur,
Une forte épidémie
Gagnera tous ces gens-là,
Frappera tout le hameau
Qui deviendra un vrai tombeau ;
Ce sera fait de La Villa.
Toujours d'avis du tribunal,
L'autre assesseur répond : Pas mal.
Renvoyé à la commission
S'écrie l'administration.
Pas besoin d'inscrire l'affaire,
Car notre vaillant secrétaire
Le fera supérieurement
Aussi bien que le jugement.
Il le rédigera pour Pâques
Et Pâques n'est pas la Trinité.
Mes chers collègues, en attendant
Qu'à une autre besogne on vaque,
D'Ay avons bien mérité,
C'est mon avis très franchement.
Je me rappelle les promesses
Que je fis à la diablesse,
Tout cela est tombé dans l'eau,
Pour elle, c'est tout bel tout beau.

D'avis, afin que l'on ne dise,
Que je change comme chemise,
A la séance, c'est politique,
M'abstiendrai, qu'en dites-vous ?
Et vous voterez sans réplique
Derrière rirons comme fous.
Conservez toujours en séance
Politique et malin silence.
Observez bien cette maxime :
« Répondre par lettre anonyme. »
Le moyen n'est pas généreux,
Usez-en faute de mieux.

La morale de tout ceci,
Messieurs, mesdames, la voici
Jamais on ne peut avoir tort
Quand on se trouve le plus fort.

A MON COUSIN EMILE DURCKHEIM

DOCTEUR ES-LETTRES
Dont la thèse a été lue et admirée en Sorbonne
(1893)

Air : *Ad libitum*

T'as épaté, oh ! mon bonhomme,
Tous les vieux de la Sorbonne

Par la thèse que tu soutins,
J't'en félicite, mon cher cousin.
On n'parle plus dans Landerneaux
Que du lauréat de Bordeaux.
A Epinal, on voit sur l'pont
Tout le monde danser en rond,
En chantant ce joyeux refrain,
Que l'écho redit au lointain :

Emile, Emile
T'es un gaillard habile
Comme toi,
Comme toi
Y en a pas un sur mille.

Les Vosges ont de grands citoyens :
Des politiques, des militaires,
Mais chose extraordinaire,
Ont fort peu d'académiciens.
Cette lacune tu combleras,
Immortel un jour tu seras.
T'auras l'habit vert, la frégate,
Et au côté la longue latte.
Pour te recevoir, ton parrain
Répétera ce gai refrain :

Emile, Emile
T'es un gaillard habile

Comme toi,
Comme toi
Y en a pas un sur mille.

A Epinal, y a point de rue
Ornée de la moindre statue,
Mais un jour tu auras la tienne
Dans la grande cité vosgienne.
Elle s'élev'ra sur la grand'place,
On y lira sur chaque face
L'exposé de tous les mérites
Du père, du fils, esprits d'élite.
De tout c'que trac'ra le burin,
Rien de mieux que ce beau refrain.

Emile, Emile
T'es un gaillard habile
Comme toi,
Comme toi
Y en a pas un sur mille,

Bien qu'n'étant pas de la partie,
Profane en sociologie,
Me contentant de faire d'l'eau sale,
Dont mes clients s'font un régal.
Envoi moi, par colis postal,
Ta thèse, livre original.

En vedette, à la première page,
Tu mettras, je t'y engage,
Afin d'être bien dans le train,
En dédicace ce joli refrain :

Hommage d'Emile, d'Emile
T'es un gaillard habile
Comme lui,
Comme lui
Y en a pas un sur mille.

T'fâches pas d'la fumisterie,
Ce n'est qu'une plaisanterie.
En ton honneur faut qu'on rigole,
Y a pas quoi qu'on s'désole,
Parce que tu es lauréat,
A l'Académie candidat.
Tu es l'honneur de la famille,
Par dessus nous comme étoil'brille ;
Aussi chantons-nous avec entrain,
Ce désormais fameux refrain :

Emile, Emile
T'es un gaillard habile
Comme toi,
Comme toi
Y en a pas un sur mille.

LE SOURDON

(1893)

Des arbrisseaux,
De grands chênes,
Bouleaux,
Frênes
Dont le feuillage
Donne ombrage
Epais,
Frais
Au promeneur
Qui vient là
Rêveur,
Las,
Et se tapit
Sur tapis
De mousse
Rousse.

Sur tronc de bois
Sur la pierre
Le lierre
Croît.

A travers sente
L'eau murmure

Serpente
Pure.

Dans la fontaine
Née à peine
Truite
Gîte,
Au moindre bruit
Elle fuit,
Agile
File,
De tout son corps
Au dehors
Scintillent
Brillent,
Dans les rocailles,
Les écailles
D'argent
Blanc.

D'énormes blocs
De meulière,
De rocs,
Pierre,
Sur le terrain
Sont debout
De trous

Plein,
Dans ces abris,
Les pinsons
Leurs nids
Font,
Sifflant toujours
Airs d'amour
Charmants
Chants.
Et dans leur antre
L'inquiète
Chouette
Entre,
Fuyant le bruit ;
Mais la nuit
Insecte
Bequete.

Sortant de terre,
Translucide,
Limpide,
Claire,
Petite source
Prend sa course,
S'écoule,
Roule

Vers la vallée
Encaissée
Par côtes
Hautes.

C'est le Sourdon.

Sur son cours
Peu long
Court.

Arrose d'eaux
Champs dorés
Et Beaux
Prés

Tourne moulin
Où le grain
Devient
Pain.
Sur ses deux bords
Il s'étage
Villages
Forts.

De tous côtés
Bien plantés
S'alignent

Vignes,
Dont le raisin
Pressé donne
En tonne
Vin.
Le vin du Franc
Généreux
Mousseux
Blanc.

MON COQ

(1893)

Co co coq,
C'est mon coq,
Qui appelle
Sa donzelle,
Il tient
Dans son bec
Petit grain
D'orge sec.
Co co coq,
C'est mon coq.

La poule arrive
Alerte, vive,

Petit grain prend,
Et l'on entend
Cette chanson
Au joyeux son.
Cocorico
Redit l'écho.

Coq se dresse,
Se redresse.
Il se tourne,
Se retourne
L'air tout fier
Et altier.
Co co coq,
C'est mon coq.

Mais son plumage
Vaut son ramage,
Plumes dorées
Comme cirées,
Queue retombante
Etincellante.
Cocorico
Redit l'écho.

Point ne saute
Marche droit

Comme un roi,
Patte haute
Ecaillée
Ep'ronnée.
Co co coq,
C'est mon coq.

A l'œil brillant
Comme diamant,
Superbe tête
Très rouge crête,
Bec court et gros,
De longs ergots.
Cocorico
Redit l'écho.

Animal
Matinal
Dès le jour,
Dans la cour,
On entend
Son gai chant.
Co co coq,
C'est mon coq.

Plein de courage,
Défend sa cage,

Jaloux, rageur
Et batailleur ;
Choie sa poulette,
Rivaux rejette.
Cocorico
Redit l'écho.

MA PETITE MARGUERITE

(1893)

Est gentillette
Ma petite
Fillette
Guite.
Un air malin
De gamin.
Parfaite
Tête.
Charmante face
Colorée,
Rosée,
Grasse.
Des cheveux blonds
Ondulés,
Bouclés,
Longs.

Son front est beau,
Large et haut.
Sourcils,
Cils
Lisses, soyeux
Autour d'yeux
Brillants,
Grands.
Une merveille
Son oreille
Tournée.
Dessine
Nez
Petit, bien pris.
Bouche fine
Ris.
Gentilles dents
On croit voir
Ivoire
Blanc.
Sur chaque joue,
Sourit-elle
Fait-elle
Moue,
Toujours se creuse
Mignonnette

Fossette
Creuse.
Comme une fille
Elle phrase,
Babille,
Jase.
Se jette à terre
En colère,
Criaille,
Braille,
Puis oublie tout,
Se jette au cou
De chère
Mère.
Jamais malade
Ni maussade,
Mon ange
Mange
Comme un amour,
A enfin,
Toujours
Faim.
Dort la nuit
Belle et rose,
Arrose
Lit ;

Fraîche et vermeille
Se réveille
Sans cris,
Rit.
De moñ terrain
Fait le tour
Le jour
Plein.
Un vif argent
Cette enfant,
Mignonne,
Bonne.

POSTFACE

(1893)

Voilà le crime consommé,
Mon fameux livre est imprimé.
Je ne me fais pas d'illusion,
Sais qu'il n'est point la perfection ;
Mais que m'importe la critique,
Il n'est pas œuvre académique.
Je l'ai dit en commençant,
S'adresse aux amis seulement.
Je n'exprime qu'un désir, lecteur,
Penses quelquefois à l'auteur.
S'il t'a froissé par ses boutades,
N'y vois aucune malveillance,
S'adressant à des camarades,
Exprime sans fard ce qu'il pense.
Aimant la joie et la gaîté,
Dit en riant la vérité.

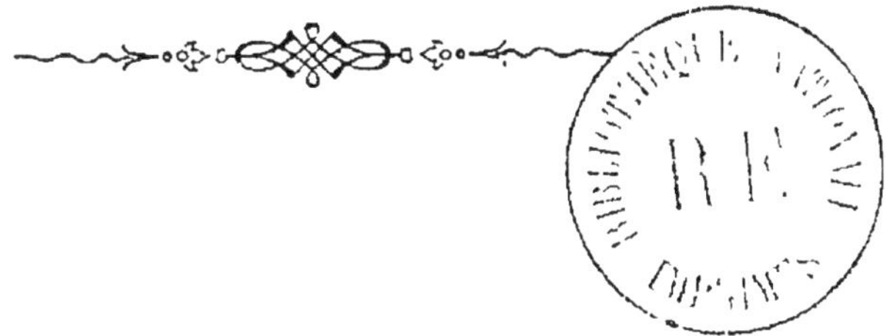

TABLE DES MATIÈRES

Epernay. — Michel Lévy et Fils.

www.ingramcontent.com/pod-product-compliance
Ingram Content Group UK Ltd.
Pitfield, Milton Keynes, MK11 3LW, UK
UKHW021600260726
13993UKWH00002B/951